COMPLIMENT

POUR LA CLÔTURE
DU THÉÂTRE
À LA COMÉDIE ITALIENNE;

Par M. ANSEAUME.

Prononcé le Samedi 14 Avril 1764.

Le prix eft de 12 fols.

A PARIS,

Chez DUCHESNE, Libraire, rue Saint Jacques,
au-deffous de la Fontaine Saint Benoît,
au Temple du Goût.

M. DCC. LXIV.
Avec Approbation & Privilege du Roi.

ACTEURS.

Mr. LE JEUNE.

ARLEQUIN.

Mr. CAILLOT,

Mr. LA RUETTE,

Mr. CLERVAL,

Me. BERARD,

Me. LA RUETTE,

sous les habits & le caractere qu'ils ont dans la Piece intitulée Rose & Colas.

COMPLIMENT

Pour la Clôture du Théâtre, de la Comédie Italienne.

M. Le Jeune entre à l'inftant que la derniere Piece finit ; & fait la révérence au côté du Roi. Enfuite il s'avance pour faluer le côté de la Reine. Pendant ce tems, Arlequin entre & falue le côté du Roi ; M. le Jeune revient pour faluer le Parterre, & fe heurte contre Arlequin qui veut paffer du côté de la Reine. Les cinq Acteurs de la derniere Piece fe rangent fur les deux côtés du Théâtre, pour éxaminer ce que cela deviendra.

[*Lazzi de politeffe entre M. Le Jeune & Arlequin, dans l'attitude où ils fe font heurtés.*]

M. LE JEUNE.

Passez donc, Monfieur.

ARLEQUIN.

Non, Monfieur, je n'en ferai rien.

COMPLIMENT.

M. LE JEUNE.

Je vous en prie.

ARLEQUIN.

Paſſez vous-même.

M. LE JEUNE.

Je ne paſſe pas , moi ; je reſte.

ARLEQUIN.

Vous reſtez ! & moi auſſi.

M. LE JEUNE.

Mais, c'eſt que j'ai affaire ici.

ARLEQUIN.

Et moi auſſi.

M. LE JEUNE.

Je ſuis chargé de faire un Compliment au Public.

ARLEQUIN.

De faire un Compliment !

M. LE JEUNE.

Oui , de faire un Compliment.

ARLEQUIN.

Rien que cela ?

M. LE JEUNE.

Pas davantage.

ARLEQUIN.

Réellement , vous n'avez pas autre choſe à dire ?

M. LE JEUNE.

Non.

ARLEQUIN.

Eh bien ; allez-vous-en.

M. LE JEUNE.

Pourquoi donc ?

ARLEQUIN.

Parce qu'il ne faut pas de Compliment.

M. LE JEUNE.

Comment , il n'en faut pas ! Voilà du nouveau.

ARLEQUIN.

Non, non , non ; il n'en faut pas.

M. LE JEUNE.

Eh ! que faut-il donc, à votre Compte ?

ARLEQUIN.

Un Remercîment, Monsieur, un Remercîment. Et si beau que nous le fassions, il ne pourra jamais répondre aux bontés dont le Public nous a honorés pendant le cours de cette année.

TOUS LES ACTEURS , *se rapprochant.*
Arlequin a raison.

Me. BERARD, *en vieille.*

Tu as raison, mon fils, tu as raison.

ARLEQUIN.

Hem ! Voyez-vous que j'ai raison. La mere Bobi l'a dit.

M. LE JEUNE.

Eh ! sans doute ; mais c'est la même chose.

ARLEQUIN.

Comment ?

M. LE JEUNE.

N'y a-t-il pas des Complimens de toute façon, sur toute sorte de sujets ? Pour demander, pour remercier, pour refuser, pour donner, pour féliciter, pour dédier ?

ARLEQUIN.

Et pour ennuyer.

M. LE JEUNE.

Oh! bien, le mien ne sera pas de ceux-là ; car je ne dirai mot.

ARLEQUIN.

Il ne dira mot, il ne dira mot ! il sera donc bien puni ; car je parie qu'il a médité un petit bout de harangue qu'il seroit bien fâché de perdre.

M. BERARD.

Il a raison ; il a raison.

ARLEQUIN.

Il a raison, il a raison ! tout le Monde a raison avec vous.

Me. BERARD, *à Arlequin.*

Oui, mon fils ; oui, son intention est louable & la tienne aussi.

LES AUTRES ACTEURS.

Et nous, & nous.

Me. BERARD.

Paix, paix ; laissez-moi parler.

Me. LA RUETTE.

Il s'agit d'un Compliment, ou d'un

Remercîment ; c'eſt égal ; mais nous en
ſommes.

M. LA RUETTE, *en Payſan.*

Oh ! oui , moi ; j'en ſuis , d'abord.

ARLEQUIN.

Voilà que tout le Monde s'en mêle à
cette heure ; & moi , qu'eſt-ce que je ferai
donc , je vous regarderai ?

Me. BERARD.

Air : *La ſageſſe eſt un tréſor.*

Taiſez-vous , mes chers enfans ,
Et cedez à votre mere.   [*bis.*]
Pour plaire à d'honnêtes gens ,
Il eſt certaine maniere. . . .
Avec un reſpect ſincere
Comme un enfant à ſon pere ,
Il faut parler au Parterre ,
Sagement , modeſtement.
Car voilà tout le myſtere
Quand on fait un Compliment.
Fuyez un vain étalage ;
De mots qui ne diſent rien ,
Évitez le verbiage ;
Parlez peu , mais parlez bien.
Tenez , regardez-moi faire ,
  Apprenez de votre mere ,   [*bis.*]
Et puis vous m'imiterez ,   [*bis.*]
  Et puis vous réuſſirez.

AU PUBLIC.

Messieurs,

(Suite de l'Air.)

Les Complimens les plus beaux
Ne font toujours que des mots,
Mais les mots & les paroles
Ne valent pas les effets ;
Les paroles font frivoles,
Les effets font bien plus vrais.
C'eft par là que nous voulons
Du mieux que nous le pourrons
Affurer notre bonheur,
Mériter votre faveur,
Et ranimer votre ardeur,
Je vous en donne, ma foi,
Moi.
Rappellez à vos efprits,
Depuis l'an mil fept cent feize,   [*bis.*]
Que de moyens on a pris
Pour en trouver qui vous plaife ;
D'abord la troupe Italique
Se fait une étude unique   [*bis.*]
D'apprendre à parler François,
Et d'un fuccès autentique
Voit couronner fes effais.
Cette époque vous amene
Les *Boiffis*, les *Marivaux*,
Qui pour orner notre fcene,
Vous confacrent leurs travaux.
Des Ballets, des Simphonies,
De gentilles Parodies,
Les deux Troupes réunies

Qui nous font tant d'envieux ;
Voilà , pour plaire à vos yeux ,
Des droits affez précieux.

ARLEQUIN.

Vous vous fouvenez de loin , la Mere.

Me. BERARD.

Ah ! Dame .... Vous voyez bien tout
ce monde-là. Eh ! bien ; j'ai vû naître tout
cela , moi. J'ai vû la Troupe fe former,
s'accroître ... & toujours du zèle .... &
toujours l'envie de plaire au Public ; je ne
fçais pas ce que feront là-deffus nos héri-
tiers , qu'ils nous égalent ; c'eft tout ce
qu'ils pourront faire ; mais nous furpaffer,
je les en défie. ...

M. LE JEUNE *s'avance au bord du Théâtre.*

Meffieurs ...

ARLEQUIN.

Ah ! c'eft donc votre tour ?

M. LE JEUNE.

Oui. Vous parlerez après. Vous le vou-
lez-bien ?

ARLEQUIN.

A votre aife. A votre aife.

M. LE JEUNE *fait fa harangue.*

* De nos foibles talens , vous préfenter l'hom-
        mage ,
Meffieurs, c'eft le devoir le plus cher à nos cœurs.

____

* Ces vers font de M. Poinfinet.

Notre bonheur naît de votre fuffrage,
Et notre fort de vos faveurs.
En vain les obftacles renaiffent,
Nous n'avons qu'un feul but : c'eft pour y par-
venir
Que nous étudions vos goûts, votre defir;
Et les épines difparoiffent,
Pour faire place aux fleurs que vous daignez
cueillir.
Honorez-nous toujours de la même indulgence,
De nos jeunes Auteurs protegez les Effais,
Et que votre heureufe préfence
Soit à jamais la récompenfe
De ceux dont vous avez couronné les fuccès.
Entretenez en eux la flamme du génie,
Et que chaque jour fous vos yeux,
La mufique brillante à l'art des vers unie,
Se puiffe fignaler par des efforts heureux.
Vous dont les cœurs font idolâtres,
Sexe aimable, daignez partager notre encens.
Vous êtes l'ornement le plus beau des Théâtres,
Soyez-y déformais les juges des talens.
Si les plaifirs ici fe fixent fur vos traces,
Vous fixerez les fpectateurs.
Belles, nous vous devrons le fuffrage des cœurs,
Vous nous devrez, Meffieurs, la préfence des
Graces.
En encourageant nos travaux
Vous en recueillerez le plus bel avantage,
Vous joüirez de nos efforts nouveaux,
Et vos plaifirs deviendront votre ouvrage.

ARLEQUIN.

Bravò, bravò.

M. LE JEUNE, *ironiquement.*

Je fuis charmé que vous foyez content.

M. CLERVAL, *repouffant Arlequin.*

Voudriez-vous vous ranger de là ?

ARLEQUIN.

Pourquoi donc ?

M. CLERVAL.

C'eft que j'ai à parler auffi, moi.

ARLEQUIN.

Ah ! parlez, parlez ; je ne fuis pas preffé.

M. CLERVAL.

Air : *Nous étions dans cet âge encore.*
C'eft pour vous que dans ces afiles,
   Des devoirs faciles
   Nous raffemblent tous.
Si nos jours y coulent tranquilles,
D'où nous vient un bonheur fi doux ?
   C'eft de vous.

Chaque jour une ardeur nouvelle
   Ici nous rappelle,
   Et jufqu'aux loifirs,
Tout, pour vous, fert à notre zele.
Qui peut donc combler nos defirs ?
   Vos plaifirs.

Quand le goût devient trop févere,
   Le plaifir s'altere,
   Et trompe l'efpoir.

L'indulgence eſt douc néceſſaire,
Ayez ſoin de vous en pourvoir,
Et venez chaque ſoir
Nous voir.

ARLEQUIN.

Oui, Meſſieurs ; voilà le grand mot. Venez nous voir, & comme il dit fort bien, faites toujours proviſion d'indulgence. Nous ferons bien notre poſſible pour n'en pas abuſer ; mais à cauſe... des circonſtances.... quelquefois... & puis...

M. LA RUETTE.

Et puis Arlequin s'embrouille.

ARLEQUIN.

Ah ! c'eſt vous Pierre le Roux.

M. LA RUETTE, *le repouſſant.*

Allons, allons ; tais-toi, & laiſſe - moi parler.

ARLEQUIN.

Vous avez eu le poignet ferme autrefois ; mais ce n'eſt pas cela qu'il faut ici.

M. LA RUETTE.

Il faut ce qu'il faut ; & j'ai tout ce qu'il faut ; ne t'embarraſſe pas.

AU PUBLIC.

Harangue parodiée ſur celle du Jardinier & ſon Seigneur.

MESSIEURS,
Le plaiſir le plus flatteur,
Le plus doux pour notre cœur ;

C'eft lorfque nous vous voyons
Applaudir *à nos Moiffons.*
LE SOUFFLEUR.
Chanfons,
M. LA RUETTE.
Chan.... moif.... chanfons.
Et lorfque nous vous .....
Mais , mais , mais , foufflez donc.
LE SOUFFLEUR.
Votre goût eft.....
M. LA RUETTE.
Votre goût eft *le bandeau.*
LE SOUFFLEUR.
Le flambeau ,
Le ban... le flam...non , le flambeau
Dont le rayon tutélaire
Repand , repand la *carriere.*
LE SOUFFLEUR.
Lumiere.
M. LA RUETTE.
Repand la lumiere ,
Et rend nos pas. ....
Parbleu , Monfieur, foufflez donc.
LE SOUFFLEUR.
Animés par .....
M. LA RUETTE.
Animés par vos leçons ,
On s'empreffe...
Sans ceffe...
Sans ceffe...
Soufflez donc , foufflez donc.

LE SOUFFLEUR.

Pour mériter vos...

M. LA RUETTE.

Pour mériter vos suffrages,
De vous offrir des ouvrages,
Dignes de vous. . . .
Parbleu, Monsieur, soufflez donc.

LE SOUFFLEUR.

S'ils n'ont pas l'art...

M. LA RUETTE.

S'ils n'ont pas l'art de vous plaire,
Notre zele est-il moins toujours sincere,
Va-t-il moins toujours *cherchant,*

LE SOUFFLEUR.

Croissant.

M. LA RUETTE.

Croi ... cher ... croi ... cher... croissant.
De nos efforts....
Parbleu, Monsieur, soufflez donc.

LE SOUFFLEUR.

Rendez-nous donc les fruits.

ENSEMBLE.

Rendez-nous donc les fruits. Le zele vaut son prix.	*Rendez-nous donc les fruits.* *Le zele vaut son prix.*

ARLEQUIN.

Pierre le Roux. . . .

M. LA RUETTE.

Eh ! bien, quoi ?

ARLEQUIN.

En conscience, vous devez une gratifi-
cation au Souffleur.

Me. LA RUETTE.

Vous avez bonne grace, en vérité,

Meſſieurs, de plaiſanter dans ces momens-
ci. Nous finiſſons une année brillante ;
nous ſommes maintenant en butte aux
traits de l'Envie.... Que deviendrons-
nous, ſi le Public nous retire ſes bontés ?

Me. BERARD.

Allez, allez, ma fille ; le Public n'é-
coute point les mauvaiſes langues. Fai-
ſons toujours de notre mieux ; & fions-nous
à lui du ſoin de nous rendre juſtice.

Me. LA RUETTE, au Public.

Air : Quand on eſt bonne, bonne ménagere.

Cette eſpérance calme notre peine,
Souffrirez-vous qu'elle ſoit vaine ?
   Qui peut nous troubler,
   Devons-nous trembler
   Quand nos deſtins
   Sont dans vos mains ?
Cette eſpérance, &c.
   On voit ardens à nous détruire
   Nos jaloux entr'eux s'exciter,
   Méditer, tourner, comploter...
Mais l'eſpérance, &c.
Les traits qu'ils voudroient nous lancer
Déſormais ne peuvent nous nuire,
Si vous daignez les repouſſer.
Cette eſpérance, &c
Voilà, voilà, voilà notre unique ſecours,
Voilà, voilà, voilà notre unique recours.

M. CAILLOT.

Et c'eſt le meilleur. Tenez, moi ; je
vous ai laiſſé dire. Mais voici mon ſenti-
ment. Prenons congé du Public, puiſqu'il

le faut, & employons notre Vacance à lui
préparer de nouveaux amufemens.

Air : *Laiffons la grandeur qui brille.*
Après quelques jours d'abfence,
Puiffions-nous en affluence
Vous voir courir à nos jeux !
C'eft ainfi que de ces lieux,   [*bis.*]
Nous vous faifons nos adieux.

CHŒUR.

C'eft ainfi que de ces lieux, &c.

M. CAILLOT.

L'hiver glace la Nature,
Elle reprend fa verdure ;
Et refleurit au printems.
Le printems chez nous revient ;
Quand le Public fe fouvient
Du Théâtre Italien.

CHŒUR.

C'eft ainfi que de ces lieux, &c.

M. LA RUETTE

Cet efpoir me fait renaître ;
Et plus vif que le falpêtre
Je compte bien avant peu
De plus belle entrer en jeu ;
Et toujours plus affidu ,
Réparer le tems perdu.

CHŒUR.

C'eft ainfi que de ces lieux, &c
[*Tous fortent, à l'exception d'Arlequin qui fe
voyant feul, dit fur le ton du dernier Chœur :*]
Jufqu'au plaifir de vous voir,
Serviteur, adieu, bon foir.

FIN.

Lû & approuvé à Paris, ce 31 Mars 1764. MARIN.

Vû l'Approbation, permis d'imprimer, ce 3 Avril 1764.
DE SARTINE.

www.ingramcontent.com/pod-product-compliance
Lightning Source LLC
LaVergne TN
LVHW051343200726
843510LV00002B/798